101種書的使用方法

101가지 책사용법

 童心園系列 120

童心園 101 種書的使用方法

作者 朴善和／繪者 金住京／譯者 林建豪／總編輯 何玉美／責任編輯 張書郁／封面設計 黃淑雅／內文排版 張淑玲
出版發行 采實文化事業股份有限公司／行銷企劃 陳佩宜‧黃于庭‧蔡雨庭‧陳豫萱‧黃安汝
業務發行 張世明‧林踏欣‧林坤蓉‧王貞玉‧張惠屏／國際版權 王俐雯‧林冠妤／印務採購 曾玉霞
會計行政 王雅蕙‧李韶婉‧簡佩鈺／法律顧問 第一國際法律事務所 余淑杏律師／電子信箱 acme@acmebook.com.tw
采實官網 www.acmebook.com.tw／采實粉絲團 www.facebook.com/acmebook01
采實童書粉絲團 https://www.facebook.com/acmestory/／ISBN 978-986-507-369-5／定價 350元
初版一刷 2021年5月／劃撥帳號 50148859／劃撥戶名 采實文化事業股份有限公司
地址 104臺北市中山區南京東路二段95號9樓／電話 (02)2511-9798／傳真 (02)2571-3298

國家圖書館出版品預行編目（CIP）資料

101種書的使用方法/朴善和作；金住京繪；林建豪譯. --
初版. -- 臺北市：采實文化事業股份有限公司, 2021.05
　　面；　公分. -- (童心園系列；120)
　　注音版
　　ISBN 978-986-507-369-5(平裝)
　　862.596　　　　　　　　　　110004462

101가지 책 사용법
Copyrigh © 2019
Text by PARK SUNHWA Illustrate by KIM JOOKYUNG
All rights reserved.
Original Korean edition published by IT'S BOOK Publishing
Chinese(complex) Translation Copyright © 2021 by ACME Publishing Co., Ltd.
Chinese(complex) Translation rights arranged with IT'S BOOK Publishing
Through M.J. Agency, in Taipei.

 采實出版集團 ACME PUBLISHING GROUP

101種書的使用方法

101가지 책사용법

文／朴善和　圖／金住京

譯／林建豪

目錄

跑來圖書館的市長

「哎呀，真是糟糕啊！」市長來到山羊所住的村莊圖書館，板著臉在圖書館裡四處巡視。陪同市長來的人們，一付神情緊張的偷偷觀察市長的臉色。「怎麼能讓蒼蠅出現在這裡呢？」市長揮舞著手，想把停在他鼻子上的蒼蠅趕走。

他在幾年前剛當上市長時，做事非常積極，很想要有一番作為，於是他幫村裡蓋了一座大型圖

書館，而他也成為市長兼館長，只是沒想到經營圖書館，不僅是一件苦差事也很花錢，現在演變成連支付員工的薪水都相當勉強。

　　「是我想的不夠周到，應該要改建成賣場購物中心，而不是圖書館。」原來市長想在他退位前把圖書館拆掉，改成一間熱鬧的購物中心，他心裡想著，只要把購物中心蓋好，人們一定會不停的稱讚他，這麼一來，或許之後還能當上比市長更高的職位。

　　不過他總會聽到反對他的意見，於是市長說：「圖書館根本沒用，你們來了還不知道嗎？現在誰

還會在這裡看書？孩子們連看教科書的時間都不夠了，更別說看課外讀物了，既然都沒有人要看書了，還把圖書館留著做什麼用呢？」

　　某位市民站在市長旁，聽到這樣的話，露出了擔心的表情說：「市長，喔，不！館長，聽說還是有人會來這裡借書、看書……」

　　沒想到市長用力搖頭，不耐煩的說：「這個你就不用擔心了，因為之後我會在購物中心裡開一間書店，擺滿人們最想看、最想買的暢銷書！這間圖書館雖然是我蓋的，但是如果早知道它會變得如此荒涼，當初我就不會蓋了！這根本就是在浪費錢，如今閒置的時間也夠久了，就連圖書館周邊的商店也完全都沒有生意，這就代表真的沒有人會來這裡，不是嗎？」

聽完市長的話，人們默默點頭認同，因為大家現在都只看手機，也用手機查資訊，真的沒什麼人會來圖書館，更別說好好靜下心來閱讀了。

現場慢慢聚集越來越多人，大家開始被市長說要改建購物中心的話而動搖了，況且村裡有孩子的家庭也剩沒幾個，就只有梅里羊家跟其他幾戶而已。

自從那天過後，市長從早到晚都在圖書館裡走來走去，目的就是為了想趕緊把圖書館的事全部解決並盡快拆除，才能越快改建購物中心。不過負責購物中心建置的工程人員突然有事請假十天，於是只好將預訂的工程時間延後了。

巡視圖書館的市長，隨手拿起放在書架上最前面的一本書，

他快速的翻閱一遍之後，仔細的閱讀了作者介紹，然後不滿意的說：「這本書你為什麼把它擺在最前面？」圖書館老師抬起頭回答：「市長，因為它是最新出版的書。」但市長依舊滿臉不以為然的說：「這位作者又不是什麼有名的人！」

聽到市長的話，圖書館老師眼睛亮了起來！她興奮的說：「市長，雖然他現在還不有名，但是這本書的內容真的寫得很好喔！」市長聽完後，依舊是懷疑的眼神，並皺起眉頭問：「好吧，既然你喜歡這本書，那你說，它一共賣了幾本呢？」

「啊？這……我不太清楚，據我所知作者的媽媽買了25本要送給朋友們，作者的朋友也買了100本，還有其他人跟我自己也算進去加起來，差不多應該賣了158本……」

圖書館老師的話還沒說完，市長就立刻插話打斷她說：「158本？如果是賣了1,580本也就算了，但是才賣158本？而且顧客大部分都還是認識作者的熟人才買的，這代表這本書根本沒有你說的那麼好！就像個沒有人要的垃圾！快！你們趕緊把這個『垃圾』放到旁邊！」

「市長，您會不會說得太過分了？」這句話真的很想脫口而出，卻卡在喉嚨，圖書館老師最後還是忍住了，因為她並不想在圖書館關閉之前被趕出去，再說圖書館每年舉辦的露營活動就快來臨了，

只要把露營辦得很成功， 相信那些平常不會來圖書館看書的孩子們也一定會來的！

　　圖書館老師很喜歡舉辦露營活動， 因為能夠唸書給孩子們聽， 是圖書館裡最美好的幸福時光！ 一想到這裡， 圖書館老師為了不破壞心中這個寶貴的夢想， 只好先忍氣吞聲， 把這本書暫時改放到書架的最後面。

　　「 只要再過一陣子， 一定會有人知道這本書的價值……」 圖書館老師心裡雖然很難過， 但是並不失望， 她深吸一口氣， 開始勤奮的準備即將到來的露營活動。 暑期營是圖書館每年都會舉辦的大型活動， 圖書館老師內心暗自計畫著今年要如何跟孩子們玩樂， 心中難掩興奮。

「不要，我才不要看書！」梅里羊又開始鬧脾氣了。「梅里羊，你一定要多看書，才能成為了不起的山羊，知道嗎？偉大的山羊，都是愛看書的喔！」梅里羊根本不想靠近書本，比起看書，他更喜歡其他好玩的東西。

「好無聊喔……」梅里羊把媽媽給的書丟到一旁，再次拿起手機來看。這時，梅里羊的頭頂有點癢癢的，原來是山羊的一對小角從頭

　頂上冒出來了！

　　媽媽看到梅里羊的頭頂冒出一對小羊角後，不自覺的笑了出來。「老公，你快來看這一對可愛的小羊角，看樣子我們的梅里羊已經進入青春期了，呵呵……」媽媽笑著對爸爸說。

青春期？所以梅里羊才會這樣嗎？既不想看書也不想聽媽媽發的牢騷，好像對任何事都喜歡反對，就像是得了一種想要一直唱反調的病，而且看所有的事情都不順眼！只要有人講什麼，梅里羊的小羊角就會開始癢癢的，他就會忍不住馬上開口，頻頻抱怨……

　　玩了一陣子手機，梅里羊跑去哥哥的房間。他很喜歡哥哥，什麼東西都想要跟哥哥一樣。哥哥非常聽媽媽的話，總是很認真的專心看書，他看的書大部分也都是學校的課本，因此時常考滿分。

　　「哥，快點陪我玩啦！」哥哥不理會梅里羊，他依舊專心的坐在書桌前看書。「你如果這麼無聊，不如趁機去多學一個字，想考滿分可不是這麼容易的事。」

哥哥連頭也不回，繼續動筆寫筆記，嘴裡還默默的反覆唸著：「梅里羊，如果你現在不努力，等以後就知道了，升到高年級的時候根本就沒有時間玩，你一定會後悔怎麼沒有早一點花時間多學習。」

目標每科
100分！

聽完哥哥的話，梅里羊悶悶不樂。「哼，哥哥跟媽媽都一樣！每天只有功課功課、滿分滿分，我最討厭哥哥了！」

梅里羊氣沖沖的拿起手機想繼續玩，這時媽媽開口問梅里羊：「對了，你要不要參加圖書館舉辦的暑期營？去年哥哥有去，聽他說好像很好玩呢！」「哥哥說很好玩？」聽到這句話的梅里羊，突然對暑期營感興趣，總覺得露營一定有什麼特別好玩的新鮮事！

梅里羊與市長打賭

　　這一天，來到圖書館參加露營的梅里羊，站在市長跟圖書館老師的旁邊。「你看看，怎麼只來了一個人？」「怎麼可能？從來沒有過這麼少人……還剩下3分鐘……」圖書館老師露出疑惑與尷尬的表情，她不時的望向圖書館大門，總是希望再來一個人也好。但結果……真的就只有梅里羊獨自一個來參加露營！

　　聽說附近的小學生因為去年

已一經是參考加量過多了為，今景年素要素改多去公極少地本訓長練業營之，所多以一紛等紛与把多圖交書引館多的多露多營之活多動多取分消工了為。

「圖交書引館多老多師，我多們引是不不是沒多有文辦多法与去公露多營之了為？反亞正是圖交書引館多不久之後就要拆除了為，而且這次多露多營之還是因云為你一一直拜託，我多才多會多答應舉辦多的為……」

市長故意露出一一臉擔心的表情說。

圖書館老師看了看市長， 又看了看梅里羊。 梅里羊聽到圖書館即將消失不見的消息， 驚訝的睜大眼睛！ 他不敢相信自己聽到的話， 想不到才剛來圖書館參加露營活動， 卻聽到圖書館不久之後就要拆除了？ 梅里羊滿臉疑惑的看著圖書館老師……

　　圖書館老師頓時陷入兩難， 她實在很不想讓梅里羊失望， 於是她下定決心說： 「 就算只來了一個孩子， 還是要如期舉辦暑期營， 市長， 這是圖書館的最後一個活動了……」

　　市長相當不情願的來回看著他們， 要不是梅里羊的出現， 圖書館的門早就可以關了， 因此他對現在的情況感到相當不滿意！ 其實， 極地訓練營也是市長介紹推薦的，

不過他萬萬沒想到，從來沒有來過圖書館的梅里羊，今天竟然會來參加圖書館舉辦的暑期營！

市長如果事先知道梅里羊的頭頂正在慢慢長出小羊角，那就更不可能讓他進來了，而且還會在他來之前，把大門關得緊緊的！市長怎麼可能會讓一個青春期的孩子進來打亂他原本的計畫呢！

但是無論如何，圖書館老師已經搶先一步跟梅里羊開始玩了起來，他們開心的看書、一起玩堆書遊戲，還進行書中的問答比賽，這些都讓梅里羊度過了相當豐富又有趣的快樂時光。

圖書館老師很用心的想讓梅里羊了解，想要認識書本，不是只能安靜的坐著閱讀，想要跟書本當好朋友，其實有很多種方法。

不懷好意的市長一直在梅里羊跟圖書館老師的身邊徘徊。「唉唷！」市長突然叫了一聲！原來是被放在一旁的書給絆倒了。

「你們看，我差點就因為這些沒用的書而摔倒了！」梅里羊聽到市長正在發牢騷。「沒用的書？」梅里羊大聲的說出心裡的疑問，在一旁的圖書館老師感到相當

不好意思的脹紅了臉， 梅里羊理直氣壯的辯解著：「我媽媽說過， 一定要多看書， 才能成為了不起的山羊！」

　　市長不耐煩的用腳踢倒了在一旁的書堆， 並回應梅里羊的話。「孩子， 那是你媽媽說錯了， 你看看這間圖書館裡空蕩蕩的， 如果書真的那麼有用， 為什麼這裡都沒有人呢？ 唉……蓋這間圖書館， 真的是我人生中最大的失誤啊！」 市長無奈的說。

　　「市長， 您怎麼對孩子說這樣的話……」 圖書館老師眉頭一皺， 這讓市長相當不高興， 他原本就已經心生不滿了， 現在更是直接大聲的說出來：「老師！ 你就別說話了， 反正圖書館遲早要拆掉， 這些沒有用的書， 當然也要一併處

理！」梅里羊仍是心存疑慮的轉頭看著老師，老師也只好對他默默的點點頭。

「嗯……梅里羊，市長說的沒錯，圖書館就快要拆掉了……」圖書館老師眼眶裡充滿不捨的淚水，市長剛才的那一番話，讓老師更加的傷心了！

「市長，都是你害圖書館老師哭了啦！」突然間，梅里羊的頭頂熱熱的，羊角的根部也有點癢癢的，彷彿有東西要穿過頭頂，隱約刺痛的感覺……梅里羊看見圖書館老師委屈的用手帕擦眼淚，這讓原本就有話想說的他，更是點燃了心中的一把怒火！他氣呼呼的大喊：「怎麼會是沒有用的書呢？書當然有用啊！」突然的一句話，讓市長跟圖書館老師同時看著梅里羊。

市長不耐煩的說：「什麼？你覺得書有用？」

「對！大概有100又多1種的用處！」梅里羊說出自己所知道的最大數字100，並認為只要在這個數字後面再加上一個1，就會變成更龐大的數字！

才剛把這句話說出口的梅里羊，其實也被自己的話給嚇到了，因為他並不是真的覺得書非常有用；也不是因喜歡書而說的，他純粹就只是因為討厭市長，討厭他欺負親切的圖書館老師才會脫口而出的，不過或許也是因為之前才剛和圖書館老師一起有過豐富

又有趣的讀書經驗，他才會冒出這樣的想法。

市長拍著自己的肚子不斷的大笑，他對梅里羊說：「我已經好久沒有這麼開懷大笑了，孩子，既然你這麼肯定，那麼你就去找出書的100又多1種使用方法吧！」

「如果你能在一個星期內找到101種書的使用方法，我就讓圖書館繼續保留下來。」

「一個星期？」梅里羊轉頭

看著圖書館老師， 正在擤鼻子的老師， 表情看起來好像也被嚇到了！

「各位都聽到了吧！ 這孩子將會找出書的101種使用方法， 哈哈哈……」 市長說給周圍的人聽， 在一旁整理書的人們也不約而同的笑了出來。

「哈哈哈──」 被大家嘲笑之後的梅里羊感到滿臉通紅， 但同時內心產生了一股熱力， 就像是勇氣

一般的湧了上來。「我知道了！只要找到101種書的使用方法，圖書館就有救了！」

聽到梅里羊明確的說出來，市長回頭看了他一眼並深吸一口氣，再聳聳肩的說：「好啊！我跟你一言為定，但是你別忘了，只有一個星期的時間。之後，如果你沒有找到101種書的使用方法，這間圖書館還是要關門的。」

把話說完之後，市長無可奈何的搖搖頭，再次哈哈大笑的走出圖書館大門，他口中不斷抱怨的聲音，連距離遙遠的梅里羊也都清楚的聽見了。

「別再只想著賣二手書來賺錢，而是應該要知道如何使用書本才對。」市長若有似無的抱怨著。等到市長完全離開之後，梅里羊才回過神，意識到自己剛才做了什麼事。「我竟然跟市長達成了一個約定！呼──」他轉身向圖書館老師開口求救：「老師，請問我該怎麼辦？」

圖書館老師深怕梅里羊的內心會受傷，溫柔的安慰他說：「沒關係，梅里羊，你做了一個很正確的事！」聽到圖書館老師這麼說，讓梅里羊內心鼓足了勇氣。

「老師，您認為我可以做到嗎？」圖書館老師笑著回答說：「很有可能啊！不如趁這個機會找一找書的使用方法吧！沒有規定書只能拿來閱讀，對吧？或許就像你說的，說不定書真的有100又多1種的使用方法喔！」

這一番話其實是想要讓梅里羊不要失望，但是就連圖書館老師可能也找不出101種書的使用方法，更何況還要在一個星期內完成，不過老師相信，只要願意努力，就一定會有成果！

「只要我們盡力，一定會有收穫的，畢竟努力的過程比結果更重要！」梅里羊抬頭看著圖書館老師問：「這句話是誰說的呢？」

面對梅里羊突如其來的問題，圖書館老師回答他說：「嗯

……這是我從書裡的內容讀到的。你有什麼想知道的事，都可以去找書來看喔！」

　　這時梅里羊大喊：「我找到了！書的第1個使用方法！書也能像電腦一樣，找到自己不懂的知識。」老師開心的笑著說：「原來如此，對了，剛才市長好像有說過，二手書可以拿來賣？」

找尋101種方法

　　從那之後開始，梅里羊絞盡腦汁的尋找各種書的使用方法，他無時無刻都在認真的想、仔細的想、安靜的想，不管是躺著或坐著休息、甚至連走路時也在想；還有吃飯、刷牙、洗澡和上廁所時也都在想。

　　「唉唷！到底還有哪些方法呢？」家裡到處都充斥著梅里羊發問的吶喊聲。「哥！快點幫幫我！」梅里羊打開門後大喊著。坐

在書桌前的哥哥抬起頭，闔上正在看的書。

梅里羊的哥哥真的很喜歡讀書，他總是一直在書桌前看書。「哥，你覺得讀書很有趣嗎？」「嗯……我就只是想要認真讀而已，沒什麼有不有趣。」哥哥再次低下頭看書。「所以你是因為喜歡讀書所以才認真讀嗎？」哥哥覺得梅里羊很煩，看了梅里羊一眼說：「就是因為需要讀所以才讀啊！」「因為要讀而讀？」哥哥的話讓梅里羊似懂非懂。

「哥，告訴我一個書的使用方法就好。」梅里羊用哀求的眼神看著哥哥。「書就是拿來讀的，哪有什麼使用方法，不過書中學到的東西的確蠻有趣的。」

「對了！書拿來壓開核桃很

有用喔！ 嗯……還有……我不知道啦！ 你不要老是問一些奇怪的問題， 你也去唸書吧！ 我要去上廁所了， 你不要擋路。」 梅里羊只想要哥哥幫忙說出一個書的使用方法就好， 但是他卻沒興趣， 起身離開房間了。

　　「 唉……模範生真是無聊。」 梅里羊才不想跟哥哥一樣成為模範生， 他只要一想到整天都只能坐在書桌前看書， 光是這一點就讓他感到非常鬱悶。 「 唸書到底有什麼好……」

梅里羊無聊的拿起哥哥的書快速隨便翻著，突然他被書中的某個內容吸引了！原來書的角落畫了一些圖案，當他快速翻頁時，可以看到圖中的小山羊就像在跑步一樣，然後運球再灌籃！「哇！這個設計好帥啊！」梅里羊覺得相當有趣，所以一直不斷的來回翻頁，「圖在動呢！它會動！好好玩喔！」梅里羊不停讚嘆這個有趣的大發現！

一直以為書只能拿來閱讀的他，沒想到還有這麼好玩的事，這時梅里羊才明白哥哥所說的有趣的內容是什麼了，他對著回到房間的哥哥比了一個讚，就離開了。

梅里羊盯著書架，希望能想出更多書的使用方法，也想像著如果像這樣一直盯著書本看，書會不會突然開口告訴自己，還有什麼使用方法呢？

「書還能用來做什麼呢？」不管他再怎麼想，都想不出什麼好方法。突然他看到書架上有一本書，那是小時候媽媽唸給他聽的書，忘了是從什麼時候開始，他已經不再看這本書了。

或許是從電視中不斷播放好笑的卡通，又或許是從玩手機遊戲開始，反正他覺得讀書越來越無

聊了。 因為電腦可以玩遊戲、寫功課、看電影或搜尋資料， 手機也能無時無刻提供最新的新聞資訊， 但是書本，永遠就只有一堆文字！ 小字、 大字、 短的句子、 長的句子，全部都只是文字。

盯著書架看了一陣子之後，梅里羊隨手抽出一本厚厚的書。「 這麼厚的書， 應該可以拿它來壓開核桃了。 」

翻開書本， 眼前看到的又是密密麻麻的文字， 看起來相當無聊， 他只好把書又放回書架， 突然一個白色信封掉落地面， 他撿起來打開一看， 裡面竟然是一疊厚厚的紙鈔。

「這是什麼？」梅里羊再次打開剛才那本厚厚的書，這才發現從30頁開始，書中就有一個長方形的凹槽。「咦？書被挖了一個大洞？」

梅里羊這才想起前幾天的事……

「真是的，我放到哪裡去了？」爸爸一邊到處翻找著不同的書，嘴裡一邊嘀咕著。

「你在找什麼？」聽到媽媽的問話，爸爸支支吾吾的回答，「嗯……沒什麼事……」

看到爸爸的反應，媽媽好奇的歪著頭，並將雙手交叉在胸前。

爸爸從放在書櫃最左邊《世界上最有趣的神奇故事》這本書，不停的找到放在書櫃最右邊《我獨自在夜深的河邊》這本書，然後瞥見媽媽的臉色後，就停止再東翻西找了。

「你是在書櫃裡藏什麼東西嗎？」媽媽用銳利的眼神質問，爸爸小心仔細的回答說：「那是一本我很喜歡的詩集呢……」然後默默的走回房間。

梅里羊回想起這一件事，似乎明白了這件事的原委，他決定等爸爸下班後再告訴他，因為爸爸要找的東西就藏在《不告訴任何人的生活方法》這本書裡面。看到書名就知道這件事不能讓媽媽發現，總覺得應該要偷偷的告訴爸爸才對。

梅里羊坐在沙發上專心思考

的時候，從房裡走出來的媽媽正在跟阿姨說話。

「我最近都睡不好……」

「姊姊，你有心事嗎？」

「梅里羊有時會有一些意想不到的情況發生，但除此之外，沒有什麼特別的事。」

「要不要吃吃看助眠的藥，藥不就是睡不著的時候吃的嗎？」阿姨擔心的觀察媽媽的氣色說。「但是我對藥物過敏啊！」媽媽揮了揮手說。

「唉……那該怎麼辦？」阿姨跟媽媽邊摺衣服邊聊天。

「姊姊，我先回去了。這一本書很有趣，你有空的時候看看吧！」媽媽不情願的接過阿姨帶來的書，面帶疲憊的送走了阿姨，在一旁的梅里羊其實也跟媽媽一樣有

很多的煩惱，他現在必須要找到第18種書的使用方法才行。

梅里羊撐著下巴思考著，但方法可不像煩惱一樣會不斷的冒出來。「我出去走一走好了。」梅里羊從沙發上坐了起來。

「你又再為了那個書的使用法而煩惱嗎？」打了一個大呵欠的媽媽，一邊翻著阿姨給的書一邊說著：「天啊！原來這是一個初戀的故事，感覺應

該會很有趣。」 媽媽興奮的開始讀了起來。

過沒多久， 梅里羊突然聽到一陣「 呼——咩——呼——咩——」 的聲音， 梅里羊正覺得奇怪， 不知道從哪裡發出的打呼聲。 轉頭一看，才發現原來是坐在沙發上的媽媽已經睡著了！ 這時梅里羊突然恍然大悟， 原來書本還具有像安眠藥一樣的功能， 能夠幫助他的媽媽好好的睡一覺！

　　梅里羊繼續邊走邊想，到底
還有哪些書的使用方法，不知不覺
就來到了圖書館。「不可能了，再
也找不到更多的方法了……」梅里
羊失望的隨手拿起一本薄薄的書，
看見書裡有一行字，「換個方法試
試看」。

　　「嗯……這是什麼意思呢？老
師！」梅里羊抬起頭向圖書館老師
詢問。

「你已經正在這麼做了，不是嗎？就是不要按照原本的想法，而是另外想一個全新的方法。」

「原來，每當想不到好方法時，都需要書來幫忙啊！」

圖書館老師點頭微笑回應著。

從圖書館回家的路上，梅里羊想起應該順道去看住在隔壁的奶奶。每當梅里羊過去拜訪時，奶奶都會準備好吃的零食，讓梅里羊開心的享用，可是今天他卻一點也吃不下。

他進到奶奶家之後東看西看，希望在這裡可以找到好方法。奶奶看著梅里羊心不在焉的樣子，於是開口問他：「你在找什麼呢？是不是有什麼煩惱啊？」梅里羊把跟市長的約定，一五一十的告訴奶奶。「你在這裡等一下。」奶奶走進房裡，拿出一本很老舊的書放在桌上。「當年你爺爺離開去天堂的時候，我非常傷心、非常傷心……」

書的封面磨損到連書名都看不清楚了，但是奶奶仍然用手輕輕

的撫摸著這本書，很溫柔的說：
「那時候我看到這本書，這是你爺爺最喜歡的書，他把書翻到都快爛了，真不知道他到底看過幾遍……」

「那奶奶呢？」

「我不識字……不過就算我看不懂書的內容，只要看到這本書，我就會聯想到爺爺……想起爺爺戴起老花眼鏡，低頭很認真唸書的樣子……每當我想念爺爺時，就會看著這本書，我用這本書來回憶爺爺……」

「回憶？」

奶奶擦了擦眼淚後繼續說：「爺爺時常會把信件夾放在書裡，你看這裡，是不是有寫著……」

奶奶指著書的內頁夾著一個小信封。

「可是奶奶不識字啊……」

「回憶這個東西，跟奶奶識不識字是沒有關係的，重要的是這本是爺爺最喜歡的書……」

梅里羊拿出筆記本記錄著：「書本能用來回憶想見的人。」回憶這個詞，對梅里羊來說還有點難以理解，但他似乎可以了解奶奶的心情。奶奶說：「爺爺希望我能多學習寫字，但是我沒有達成他的願望，因為我比較喜歡跳舞和玩樂。」

「奶奶，我也一樣啊！」聽到奶奶說這句話，梅里羊立刻站起來，邀請奶奶跟著一起轉圈跳舞，奶奶終於露出淺淺的微笑。

「爺爺從來不會強迫我一定要學會識字，他說任何事情都有它自己的時間。」

聽完奶奶的話，梅里羊停住了腳步，鼻尖流了好多汗水。

奶奶拿了一條手帕給梅里羊，梅里羊一屁股坐在鬆軟的沙發上，一邊擦汗一邊問奶奶問題：「奶奶，要不要我教您認字和讀書？」

「你嗎？」

「對！這樣您就可以知道這本書裡寫了什麼內容，感覺爺爺也會希望奶奶自己能夠讀懂信裡寫的意思。」

梅里羊覺得自己好像突然間長大了，難道是因為一直尋找書的使用方法嗎？

「現在我還可以嗎？我覺得好像太晚學了⋯⋯」

梅里羊決定教奶奶讀書識字了，這樣一來，以後就會變得更加忙碌。就在回家以前，奶奶突然叫住了梅里羊，她說：「你想要找書

的使用方法，不妨可以把這個問題刊登在報紙上。當自己有困難無法解決時，尋求別人的幫助也是一個好方法喔！爺爺有一位好朋友在報社上班，我們可以去請他幫忙。」

後來，他們在地方報紙上刊登「請分享告知『書的使用方法』的小篇報導」，沒想到隔天開始，陸續收到許多人的熱烈回應。

「我會用書來壓三明治，大小剛好，還可以壓得很均勻喔！還有……」大家的回覆中，有很多是梅里羊想都沒想過的好方法呢！

「我家小孩會用書來堆骨牌玩，就算倒掉了也不嫌累，用書來玩推骨牌的遊戲，是一個不錯又好玩的方法喔！」

另外有16個人跟爸爸一樣，都會在書裡藏私房錢；還有人寄了貓

咪躲在書與書之間睡覺的照片；也有人會在書裡押樹葉當標本；或是把較薄較軟的書當成「撢灰塵」的工具，或是把書當隔熱墊來使用；還有就是小朋友在打架時，書就會一不小心成為傷害別人的凶器，這些五花八門的內容，都讓梅里羊覺好有趣呢！

因為報導的緣故，村裡所有人都知道梅里羊與市長的約定，喜歡圖書館的人會為梅里羊加油打氣，連沒有來過圖書館的人也開始研究，還有哪些書的使用方法。大家好像都會為了比較弱勢的那一方加油，不過這時候的梅里羊還不知道村裡雖然看似平靜，但其實有一場大風暴即將來臨！

梅里羊把人們提供的方法，全都一一仔細的記錄下來。

1. 枕頭　2. 隔熱墊　3. 時尚物品　4. 遮陽板　5. 可墊起來拿高處的東西　6. 可以壓平皺皺的海報　7. 當想念某個人的時候　8. 好奇的時候　9. 假裝自己很厲害的時候　10. 孤單的時候、需要朋友的時候　11. 書本遊戲（堆骨牌、書墊腳石、書地板、堆城牆等等）12. 泡麵蓋　13. 貓咪床墊（牠們會在書與書之間睡覺）14. 弄得亂七八糟（小孩們）15. 需要好想法時核桃的工具　17. 在書的角落畫動態圖（哥哥）16. 開　18. 藏私房錢　19. 安眠藥　20. 當樓梯運動（堆放幾本書後，當成樓梯走上走下）21. 代替啞鈴來運動　22. 小孩的磨牙器　23. 書屏風　24. 戒指書　25. 用來壓三明治　26. 製作樹葉標本　27. 當尺來使用　28. 書本雕像（藝術品）29. 睡覺用眼罩（側睡時使用）30. 熨斗　31. 凶器　32. 扇子　33. 捕蟲器　34. 門擋　35. 柴火　36. 裝飾品　37. 雨傘　38. 書桌腳墊　39. 家具—書椅子　40. 建築材料—書建築　41. 聖誕樹　42. 花草用的花盆　43. 禮物　44. 梳子　45. 書呆子的家（撢灰塵工具）46. 用來唸書　47. 賣舊書買新書　48. 廁所衛生紙……49……100……101

找？書虫虫

市長的煩惱

　　梅里羊陸續蒐集到很多書的使用方法，這個消息很快就傳遍了整個村莊，這讓市長開始焦慮了起來。時間過得很快，終於來到跟市長約定的星期五，那一天剛好也是購物中心的開工動土典禮。

　　梅里羊低著頭走向圖書館，滿腦子都在想著是否還有更多書的使用方法。此時，市長跟村裡的人們全都聚集在圖書館前，記者們也都高舉著相機和麥克風，等待市長

的發言，　今天應該算是圖書館裡人最多的一天！

　　許久未看書的人們也都人手一本書，　大家對待書的感覺就好像遇到老朋友一樣，　頓時全被書的魅力所吸引，　沉浸在書中的世界，　表情很舒服又自在。　不過，　出現在另一個角落的梅里羊，　臉上看起來卻有點悲傷，　因為他再也想不出更多的方法了，　這段期間內所想出來的方法，　大部分都是村民提供的，　但是全部加起來還是達不到101種方

64

法，一想到眼前
的圖書館即將被拆，
這讓梅里羊幾乎快要哭了
出來……

站在麥克風前的市長，看到遠處走來無精打采的梅里羊，市長清了清喉嚨說：「各位，很可惜，看起來梅里羊似乎沒有找到101種書的使用方法……」

　　但市長的臉一點都沒有露出感到可惜的樣子，反而還有點竊笑呢！人們開始議論紛紛了，有一些人很努力的想幫忙找出書的使用方法，卻仍然一點辦法也沒有，畢竟都已經蒐集到48種方法了，很多該想到的也都已經想到了。

　　「沒關係，梅里羊，再繼續加油！」所有人團結一心的為梅里羊打氣，梅里羊這時好想攤坐在地上放聲大哭！如果時間能再多一點，再一週，不、再十天，不、再多一天的時間也好，一定還能再找出更多的使用方法。

梅里羊開始不自覺的咬著手裡的書。「到底還有什麼方法呢？還有嗎？應該還有才對……」梅里羊一步又一步慢慢的走向圖書館，他的心情越來越灰暗了……

　　突然，他回過神來！因為嘴裡有種奇怪的感覺……梅里羊看著自己手裡拿的書，原來這本是跟媽媽借的料理書，光看圖片就會讓人口水直流。

　　「我來吃一口看看吧！」梅里羊快速的看完一頁，因為吃掉之後就再也無法閱讀了，接著他撕下剛看完的那一頁後就放進嘴裡，開始慢慢咀嚼。「咩──咩──咩──」他左邊嚼幾口，再換右邊嚼幾口。

把紙張往左邊轉1公分， 能吃到咕嚕咕嚕文字的味道； 往右邊轉3公分， 又吃到另一種滋啦滋啦文字的味道。

68

「　嗯……嚼越多下就會發現，有各種不同的味道呢！」梅里羊發現書越嚼越有味道之後，便開始上癮的左嚼嚼、右嚼嚼、慢慢嚼、快快嚼、勤奮的嚼、快速的嚼、躺在地板上也嚼、翻滾時也嚼、笑的時候也嚼、瞪大眼睛時也嚼、從前面嚼、從後面嚼、撕開來嚼、隨便亂嚼、碎碎的嚼、大口的嚼、任何隨心所欲的方式，他都試著嚼一嚼！

看著這一幕的人們都替梅里羊感到十分的擔心。

「梅里羊好像發瘋了！」

「他應該是想太多才會變成這個樣子……」

「唉……可憐的梅里羊……」

這時梅里羊突然大喊：「我找到了！第49個使用方法！雖然不是第101個，就是原來書還可以吃啊！」原本好奇發生什麼事的人們突然發出了歡呼聲，然後轉身往後看著氣喘吁吁的市長，因為人們的歡呼聲令市長怒火中燒！

「這是犯規！怎麼能吃書呢！這是山羊才會做的事，我們一般是不會吃書的，我們只會看書。」梅里羊走到市長旁，他嘴裡一邊咀嚼，一邊抬頭看著市長。

「聽說偉大的山羊很常像這

樣親近書本，　特別是肚子餓的時候，　咩——咩——」市長無奈的搖搖頭，　一方面覺得梅里羊開始不受控制，　另一方面心裡又覺得相當痛快的贏了這個約定。　市長原本很擔心人們會一直幫助梅里羊，　結果梅里羊只找到將近一半的方法而已。

「101種書的使用方法根本就是無稽之談！現在我再也不需要遵守與梅里羊的約定了！但是這裡又有這麼多人在看，　總覺得好像應該要跟他們說些話才對。　而且如果跟孩子們保持良好的關係，　我的人氣應該也能跟著提升，　既然這樣⋯⋯好吧！我應該要假裝鼓勵梅里羊，　說不定以後我還能成為比市長的頭銜更高的人呢⋯⋯」市長的心裡這樣盤算著。

正當市長要開口說話時，　不

知╝從╘哪╗裡╗傳╜來╜了╝喇╗叭╗聲╝。

「噗╳——噗╳——，梅╝里╝羊╜真╝的╝太╝了╝不╳起╝！太╝帥╝了╝！你╝竟╝然╝找╝到╝了╝50種╝書╝的╝使╝用╝方╝法╝！」

大╝象╝阿ㄚ姨╝用╝鼻╝子╝摸╝摸╝梅╝里╝羊╝，貓╝頭╝鷹╝阿ㄚ姨╝則╝推╝了╝推╝眼╝鏡╝說╝：「其╝實╝應╝該╝是╝49種╝啦ㄚ！還╝是╝48種╝？」

烏龜阿姨也幫忙說話：「沒關係啦！這樣的成績已經很了不起了！」

　　「對啊，梅里羊，你並沒有輸喔！你已經盡力了。」

　　圖書館老師的這句話，讓所有幫忙搬書的叔叔、阿姨們全都點頭認同的笑了。

「一個大人竟然跟一個小孩子打賭，這樣不會太過分了嗎？」站在記者旁的阿姨這麼一說，大家開始議論紛紛。

「沒錯，要找出101種書的使用方法，這根本就是不可能的事，他一定是一開始就知道不可能，所以才會願意打賭，要是我的話，可能連10種方法都找不到！」

「哼，他想要找書的使用方法，難道不會自己去找嗎？」

聚集的人們各自互相討論起來，市長感受到人們看他的眼神變得很冷淡，為此也感到相當緊張，不過市長也是個善於把危機化為轉機的人。

「各位！ 這個小山羊竟然能找出50種書的使用方法， 梅里羊真的很了不起， 對吧！ 」

「是49種啦！ 市長。 」

「是48種才對啦！ 」

「噓——請小聲一點， 現在這個數字並不是重點啦！ 」

「嗯……其實大家好像都誤會我跟這孩子打賭的事了， 我們只是想要找出如何好好的使用書本， 這其實是一種鼓勵， 對， 是我鼓勵他找的， 因為圖書館真的都沒有人來， 我想各位應該也

都會看書才對吧！

聽到市長這麼說，原本眼神想指責市長的人們，只好紛紛低頭默默點頭回應著。

「我怎麼可能會想要把圖書館拆掉呢？但是為了我們城市的經濟運作以及其他的一些問題……」

這時在角落有一位拿著相機的叔叔突然大喊說：「不然，我們來募款，好不好？我好像真的很久沒看書了，今天來到圖書館感覺很棒，想起小時候媽媽唸書給我聽的樣子，如果以後連圖書館也沒有，我想我應該再也不會看書了……」

沒想到人們聽完後紛紛熱烈鼓掌。

「我也是！」

「我也贊成！」

「那我們大家就在這裡，為

圖書館來募款吧！」

市長萬萬沒有想到事情會發展變成這個樣子！不過，要讓圖書館能夠重新營運並且不虧本，光靠在場的這些群眾所籌募的金額，根本是不可能達成的！就是因為明白這一點，所以市長還是依舊保持著微笑。

「各位果然是我們村裡值得驕傲的市民，身為市長當然要順從民意，接下來就看大家募款的情況，我也會補貼一些微薄的力量。至於購物中心的施工計畫，就先暫緩好了。」

講到最後一句話時，市長的嘴角微微顫抖著，因為又再一次事與願違了！也因為市長想要塑造自己「愛孩子、尊重市民」的良好形象，他只好順勢把梅里羊抱了

起來，強顏歡笑的向記者們揮手致意，這時的梅里羊嘴裡還津津有味的繼續嚼著書本，結果市長的肩膀上滿是梅里羊嚼的碎屑和口水。

「市長，謝謝你！」

看到梅里羊那雙純真的眼睛，市長突然莫名的被感動了一下，因為他確實也已經很久沒有抱小孩和看書了。

這讓市長回想起他小時候邊看書邊玩耍的樣子，原來他也曾經是

一個愛看書的孩子。

　　回到現實，現在能當上市長，當然也是因為當年努力看書所得來的結果。「沒錯，書本比想像中還有用。」

　　市長看著相機鏡頭微笑著……這時他心中的某一處，頓時也吹起了一陣連自己也不知該如何是好的暖風，不知道由梅里羊所引起的這陣風，日後會成為多大的風，但是在尋找101種書的使用方法的期間，不知不覺已經讓梅里羊的頭頂上，長出一對漂亮的小羊角了。

書的使用方法體驗營

「砰咚！」還書架上傳來書本掉落的聲音。

聽到圖書館即將要拆除的消息，讓許多的人開始紛紛趕來還書，書畢竟還是要歸還給圖書館。至於募款箱裡的錢也持續有人捐款，但是金額還是無法達到能讓圖書館維持正常的運作。而且住在書皮上的書蟲，大概也長得跟指甲差不多大小了。幸好有梅里羊，才能讓圖書館暫時被繼續保留著。

可是圖書館老師還是非常擔心，畢竟圖書館「不是能用小錢解決」的事，想要買更好的書、坐更舒服的椅子，這些都會遠遠超過原本所能負擔的。圖書館老師隨手從還書架上拿起一本書，看到架上還夾帶著樹葉及垃圾，她清掉後苦笑了一下，不過……

「咦？這是什麼？」圖書館老師發現了一封信，信裡寫著：

我很感謝梅里羊有時會來教我讀書、識字，還記得我老公最喜歡的書本後面寫著這樣一句話：「想跟心愛的你一起分享讀書的喜悅」所以我想：「不如把這份喜悅也分享給來到圖書館的人吧！」我這麼做，或許在天堂的老公也會感到開心的……

　　信封裡還夾帶著另外一張紙，原來這是老奶奶將她全部的財產捐贈給圖書館的證明文件，這可是一筆能讓書蟲吃上數百年之久的鉅款啊！不過老奶奶希望這筆錢能專款專用在圖書館上，這讓圖書館老師不禁感動的掉下淚來……

圖書館老師注意到路過的人們正在看著自己的情緒轉變，於是趕緊拿起書本把臉遮住，假裝自己正在看書：「啊！書的使用方法又多了一種，能用來遮住哭臉！」

　　圖書館現在全都擠滿了人，他們都是想要找出101種書的使用方法的人。然而退休的市長，如今也成為圖書館商店的老闆，可以一邊看書、一邊賺錢呢！另外，想嘗試用第2種和第12種書的使用方法來吃泡麵的人，更是絡繹不絕！

　　你想問我現在的圖書館館長是由誰擔任嗎？大家覺得會是誰呢？當然就是比任何人都喜歡書，而且還很會講故事的圖書館老師！

　　圖書館老師，不、是圖書館

館長才對，她對待書本都是一視同仁，不管書是賣了1本還是1,000本，每一本書都會被公平的陳列在書架上，因為誰也不曉得這些書在哪一天，會出現怎樣的價值？就算沒有，又怎麼樣呢？沒關係，也許你不會看到這本書，但總有一天，你一定會用到101種書的使用方法中的其中一種吧！

現在換大家來找出其他的方法了，可能不只有101種，或許會超過1,000種也說不定呢！

大_{ㄉㄚˋ}家_{ㄐㄧㄚ}準_{ㄓㄨㄣˇ}備_{ㄅㄟˋ}好_{ㄏㄠˇ}
了_{ㄌㄜ˙}嗎_{ㄇㄚ˙}？

親愛的小朋友：

　　各位看完了《101種書的使用方法》後，有沒有想到什麼好方法？你是不是也迫不及待的想要把自己突發奇想的方法告訴梅里羊呢？

　　梅里羊並不喜歡看書，但是因為討厭市長，讓他開始尋找101種書的使用方法。一般人只會覺得書本是用來看的，但是各位不妨可以問問看自己的媽媽，小時候是否曾咬著書角來磨牙呢？或是把書排列得跟火車一樣長，玩推骨牌遊戲呢？其實不只是梅里羊發現了書的新使用方法，作者也跟梅里羊的媽媽一樣，當睡不著時就會找書來看，因為書的助眠效果相當好呢！

　　最近的社會，大家看手機或瀏覽網路的時間，遠遠超過了看書。不過書還是會繼續被製作出來，人們也還是會買書，心想自己總有一天會看，因為書本就像是精神糧食，而米飯則是生理糧食。

　　零食再怎麼好吃，吃多了對身體不好；而米飯充滿了養分，對身體好。

書中提到，「一定要多看書，才能成為了不起的山羊！」所以我們人類也需要看書，就像身體需要飯一樣。

　　寫下這本《101種書的使用方法》目的是希望孩子們能快速的與書本成為好朋友，並跳脫「書就是用來讀的！」這樣的古板框架，想像出一些更有趣的書的使用法。

　　因為當你找到書的特別使用方法時，你自然會對書的內容感到好奇，進而想要閱讀並了解它。

　　　　　　喜歡飯勝過書一些的作者